SHARK

샤크

SHARK

Story 운휘 ✕ 김우섭 Art

6

오늘 밤엔 여러모로
형님답지 않으십니다.

또르르

그런가.

그래서 무슨
시련을 어떻게 주실
생각이십니까.

뚝

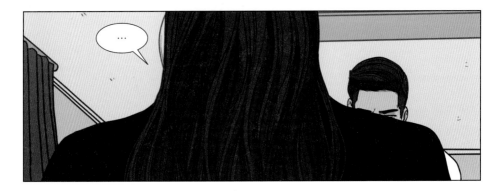

...

글쎄.

예?

내가 언제
일반인을 건드려봤어야지.
빼앗을 사업장이 있는 것도 아닐 테고.
걔넨 어떻게 해야 열 받을까?

역시 아무
대책도 없으시군요.
늘 그랬듯이.

후...

일단 빠릿빠릿한 애
한 명 골라서 그 소년의 뒤를
캐게 하겠습니다.

그러다보면 무엇을
건드려야 가장 뼈아플지도
알 수 있겠지요.

거봐. 네가 알아서
다 해주잖아.

늘 그랬듯이.

모쪼록
즐거우시길.

짠

5

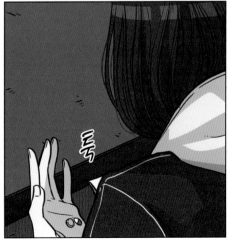

뭐 해?

어?

아무것도 아냐.
그냥 물 한잔 마셨어.

그나저나 너 완전 딴 사람이 다 됐다.

키도 많이 큰 거 같고 몸도 커지고.

그냥 좀…

여러 가지 일이 있었거든.

…미안해.

응? 뭐가?

3년간 연락 한 번 못 하고…

그럴 수도 있지. 정말로 괜찮아.

어. …고마워.

...

조용○○○

괜찮기는 한데.

응?

솔직히 궁금하기도 해.
그동안 네가 어떻게
지냈는지.

그리고 3년간 왜 연락
한 번 못 했는지도.

9

...

아, 대답하기
곤란하면 안 해도 되고.

아냐.

처음엔 미안해서
그랬어.

응?

네가 그렇게 된 거,
따지고 보면 내 탓이잖아.

날
지켜주려다가…

절대로
네 탓이 아냐.

왜 그런
걱정을 해.

넌 어떨지 모르겠지만
적어도 난 그렇게 생각했거든.

네가 날 원망하고
있을 거 같아서. 그게 무서워서
편지도 면회도 할 수 없었어.

그렇게 몇 달이 지나고 나서
그래도 이건 아닌 것 같아서
간신히 용기를 내서 한 번
찾아간 적이 있었어.

정말?
면회를 왔었다고?

껍넠짝!

끄덕

그런데 거기서
딱 마주쳐버린 거야.

그 무서운
아이를.

…배석찬.

아! 그러고 보니까

지난번 일도 그렇고
이렇게 면회까지 온 걸 보니
차우솔하고 많이 친한가 봐?

뭐?

중얼

중얼

그렇지.
많이 친하겠지.

…잘됐네.

급기야 매일 아침 등교조차
할 수 없는 지경이 돼버렸어.

결국 학교도 그만두고
공황장애 치료까지 받았지.

…그런 일이
있었구나.

지금은
괜찮은 거야?

응.

꾸준히 치료 받고
유학까지 갔더니
거의 다 나았어.

유학?

고등학교 과정은 검정고시로
또래들보다 오히려 일찍 마쳤는데
도저히 여기서 대학을
다닐 엄두가 안 났어.

그래서 작년부터
미국에서 유학 중이야.

그곳엔 그 아이가 없다는
확신이 드니까 마음이
한결 편해지더라.

지금은 보다시피
방학 기간 동안 귀국해서
아르바이트도 하고 밤에 혼자
돌아다녀도 괜찮을 정도로
회복됐어.

지금이
방학이야?

응. 미국은 우리나라하고
학기 제도가 좀 다르거든.
9월 초까진 한국에 있을 거야.

지금 이 자리에서 내가
배석찬과 싸웠던 이야기를 하면
지희가 더 불안해할 수도 있겠지.

먼쳇!!

?

말했잖아.
그동안 많은 일이 있었다고.

그 덕에
나도 꽤 강해졌거든.
아까도 봤지?

하긴, 아까는
진짜 딴 사람 같더라.

그러니까...

머뭇...

응?

21

어, …응.

후악…

홀짝…

홀짝…

아 맞다!

너 번호
좀 찍어줘.

뒤적

응?

…아직
휴대폰 없는데.

풋!

번호도 없는데
어떻게 연락을 해.

머쓱…

출소한 지
얼마 안 됐잖아.
안 그래도 곧
사려고 했어.

그럼 내일 같이
휴대폰이나 보러 갈까?

내일?

내일
아르바이트 쉬거든.
왜? 바빠?

아, 아니!
아무 일도 없어.

그럼 내일 오후 2시에
큰길 쪽 버스 정류장에서
보는 거다?

휙!

휙!

알았어.

…도현이 형 면회는
나중에 가도 되니까.

다녀올게요.

웃차!

뚜벅...

뚜벅...

저
녀석이로군.

구희상
우용이파 조직원

우솔아!

저기
버스 온다.

오래
기다렸어?

아니, 나도 이제
막 도착했어.

아, 여기서
만나기만 하는 게 아니라
버스도 타는 거였어?

응?
그럼 택시 타게?

아, 아냐.
버스 타자.

지희까지
뛰게 할 순 없잖아.

백

…얼마예요?

?

현금 내면
1,300원요.

예.

쩔랑~

삐이익—

통

통

덜컹!

감사합니다.

꾸벅

빽

뚜벅...

뚜벅...

어떻게 버스 요금도 몰라?

응? 아아, 어지간한 거리는 늘 뛰어다니거든.

하루 평균 20km 정도는 뛰는 거 같아.

깜짝!

20km나?

처음에만 조금 힘들고 습관 되면 별거 아냐. 로드워크는 다른 운동에 비하면 오히려 쉬운 편이거든.

폰 WORLD

이 폰이 요즘
제일 잘 나가요.

난 1 펜에
별빛을 담아 바르고~

임성을 만들어
어디든 날아가게 할게~

기능은 말할 것도 없고
디자인도 잘 나왔고
사진도 잘 찍혀요.

예.
이걸로 할게요.

Cause I'm a Pilot
anywhere ~

그럼 바로
개통해드릴게요.

Cause I'm a Pilot
anywhere ~

lighting star
shooting star 줄게
in Galaxy~

이제 돌아가서
오늘치 운동을 마저…

너
할 일 있어?

응?
…왜?

나 오늘 아르바이트
쉬는 날이라니까.

오랜만에 시내 나왔으니까
이것저것 구경도 좀 하고
맛있는 것도 먹으면 좋잖아.

…

왜?
약속 있어?

아, 아냐.

안 그래도
나도 좀 심심하던
참이야.

34

그런데 지희야.

응?

나하고 이렇게
오래 있어도 돼?

응?
무슨 소리야?

우물…

쭈물…

그러니까…

남자친구가
싫어한다거나.

나 얼마 전까지
공황장애 때문에 집 밖으로는
한 발짝도 못 나가던
사람이거든?

남자친구는
무슨…

그렇구나.
미안.

그게
왜 미안해~

35

휴대폰 좀 줘봐.

왜?

아까 번호
찍어줬잖아.

교도소에서 들은 건데,
요즘 휴대폰엔 신기한
기능이 많더라고.

이렇게 SOS 기능에
내 번호를 등록해놓으면…

혹시 너한테 무슨 일이
생겼을 때 전원 버튼을 빠르게
세 번 연속으로 누르면.

네 현재 위치가
내 폰으로 전송돼.

와ㅇㅇㅇ

그런 기능이
있었어?

만에 하나라도 무슨 일이
생기면 내가 곧바로 달려갈게.

그러니까…

어?

걱정하지 말고
마음껏 돌아다녀도 된다고.

하하…

37

쑥샨···

지금은 거의
다 나았다니까.

그래도.
어제 같은 일이
생길 수도 있잖아.

응.
아무튼 고마워.

···

나 갈게.

정말로
안 데려다줘도 돼?

괜찮다니까.

결국 하루 종일
훈련 제껴버렸네.

저기…

응?

우드득

으윽

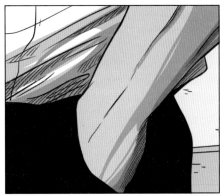

그래?

…

여자가 있다?

예. 타깃이 집 밖으로 나온 순간부터 줄곧 관찰했는데 둘이 하루 종일 붙어 있습니다.

아무래도 보통 사이는 아닌 거 같습니다.

...

지금은 떨어졌습니다.

...여자를 데려갈까요?

됐어. 오늘은 일단 철수해.

알겠습니다.

빽...

구희상

어쩔 셈이야?

지금 당장 여자를 어떻게 하면
그 소년이 앞뒤 가리지 않고 곧장
이곳으로 쳐들어오겠지요.

아니면 경찰에 알려서 일을
복잡하게 만들 수도 있겠군요.
원하시는 게 그겁니까?

물론 아니지.

경찰도 귀찮지만
무엇보다 덜 익은 과일을
미리 따버리면 쓰나.

어쨌든 여자가 있다는 사실은 알았으니 당분간 이 일을 박시현에게 맡겨볼까 합니다.

박시현? 그 녀석은 맘에 안 드는데.

자진해서 숙이고 들어오니까 그냥 받아주긴 했지만 그자는 정말이지 인간쓰레기야.

그래서 적격인 겁니다. 과일을 익게 하려면 거름을 써야지요.

이왕이면 가장 구린내가 진동하는 거름으로 말입니다.

일리는 있네. 그런데 박시현으로 되겠어?

녀석은 석찬이보다 훨씬 약할 텐데.

석찬이는
사악할지언정
순수합니다.

싸움에 있어서도
미련스러울 정도로
정면 대결만을
선호하지 않습니까.

어떻게 보면 폭력에
중독된 짐승 같다고나
할까요.

그래. 나도 녀석의
그런 면이 맘에 드는 거고.

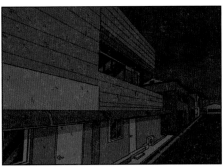

저기 그…
채무이행을 하지 않고
임의로 잠적했던 고객님을
모셔 오느라…

터듬…

터듬…

힐끗

…

버럭!

그럼다고 고객에게
그딴 식으로 굴어!!

움찔!

이러니까 우리
비즈니스가 오해 받는 거 아냐,
이러니까!

소란 끼쳐서 죄송합니다.

하하.

신경 쓰지 마시고 하던 것 마저 하세요.

부디 저희 직원들의 무례를 용서하십시오.

뚜벅...

뚜벅...

음, 저기 그러니까…

직원들 교육 똑바로 시켜요! 요즘 세상이 어떤 세상인데!!

꾸벅

다시 한 번 사과드리겠습니다.

이제부터는
제가 응대하겠습니다.

제 방으로 가시죠.

들어오세요.
하하.

흠흠.

대표실

철컥...

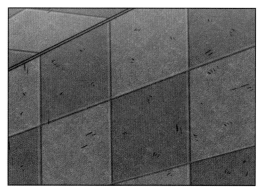

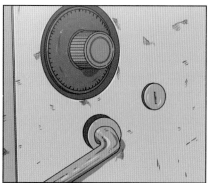

둥!

반짝…

그래요, 대출하신 돈을
갚지 않으셨다고요.

반짝…

교양 있어 보이시는
부인께서 왜 그러셨을까?

아니 그러니까…

이거
다 불법이잖아요.

우리 형부가
강력계 형사인데…

…

불법 사채
빚은 법적으로…

…법적으로 여기 돈은
안 갚아도 된대요?

형부가 그럽디까?

…예.

하하…

인테리어 좋지요?
이게 뭔지 아세요?

갑자기 무슨?

방음매트라고
하는 거거든요.
방음매트.

그러니까
여기서 무슨 소리가 나도
바깥에선 전혀 안 들린다
이 말이에요.

알겠냐
이 좆같은 년아?

?!

다, 당신
이게 지금 무슨 짓이야.

조용...

누우...

끅...

누우...

끄윽...

흐흑...

끄...

아줌마.
내가 딱 사흘 더 줄게.

우리 사흘 뒤에
웃으면서 만나자.

응? 피차
그게 좋잖아.

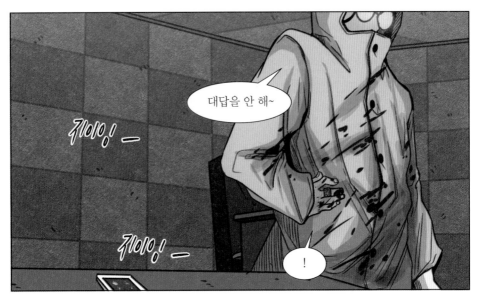

대답을 안 해~

지이잉! —

지이잉! —

!

지이잉! —

예, 대포 형님.
저 시현입니다.

똑!

갑자기
어쩐 일로?

다 됐습니다.

툭!

펄랑~

덜컹

쉭

부아아앙!!

…그런 일이
있었군요.

아무튼 절 부르신 건
정말 탁월한 선택입니다.

누군가의 인생을
조져놓는 거라면
제 전공 아닙니까.

구체적인
계획이라도 있나?

이미 머릿속에
떠오른 방법만 수십
가지가 넘습니다.

그중에서
딱 한 가지만 골라야 한다는 게
아쉬울 따름입니다.

…

일단 상황을 좀 보고
다시 연락드리겠습니다.

…

꾸벅

그럼 이만
가보겠습니다.

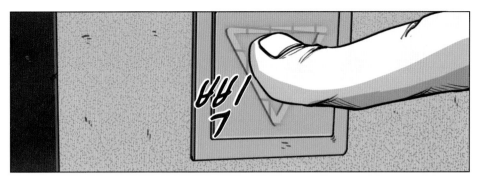

박시현?

아…

...

꾸웅・・・

뭘 꾸물거려?
안 비켜?

찌증

스윽・・

여긴 어쩐 일이냐?

네 주제에 함부로
들락날락할 수 있는 곳이
아닐 텐데.

대포 형님이
부르셔서 온 건데
너무 그러지 마시죠.

피식!

알았으니까
가봐.

부릉!

…죽고 싶냐?

뚜벅

뚜벅

덜컹!

그럴 리가요.

꾸벅

정말로 걱정이 돼서
물어본 건데, 기분 나쁘셨다면
죄송합니다.

…어떻게
생각하십니까?

뭐 불쏘시개 노릇이야
제대로 하겠지.

그러라고 끌어들인
녀석이니까.

똑똑

?!

철컥!

87

뚝벅

뚝벅

여어, 이게 누구야?
벌써 퇴원한 거야?

별것도
아닌데요 뭘.

여긴 어쩐 일이야?
며칠 더 푹 쉬지 않고?

여행을 좀
다녀올까 합니다.

여행을?
갑자기 무슨 여행?
어디로?

어디로 갈지,
얼마나 걸릴지는
아직 모르겠어요.

한 가지 확실한 건
내가 납득할 수 있을 만큼
강해지기 전에는 돌아오지
않을 생각입니다.

그래도 3년간
신세깨나 졌는데
인사 정도는 하고 가야
할 것 같아서.

써익

둘 다 그만.

...

어째 너희 둘은 만나기만
하면 으르렁거려?

툭

...

네가 잘 생각해보고
내린 결론이겠지.

다녀와. 중간에
돈 떨어지면 연락하고.

그럴 일 없을 겁니다.

구걸보단 뺏는 쪽을
더 좋아해서.

철컥—!

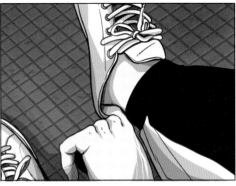

오늘이야말로
도현이 형에게 가서
조언을 구해봐야지.

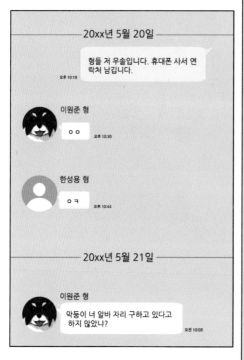

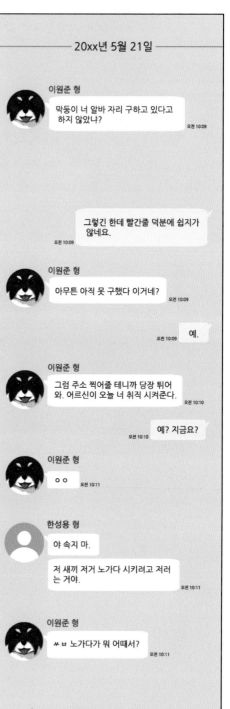

어떡한다.
오늘은 꼭 도현이 형
면회를 가려고 했는데.

그렇지만 모처럼의
취직 기회인데…

이번 기회를 놓치면
언제 또 일자리를 구할 수
있을지 모르잖아.

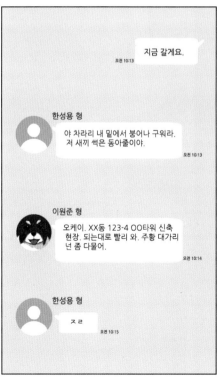

지금 갈게요.
오전 10:13

한성용 형
야 차라리 내 밑에서 붕어나 구워라.
저 새끼 썩은 동아줄이야.
오전 10:13

이원준 형
오케이. XX동 123-4 OO타워 신축
현장. 되는대로 빨리 와. 주황 대가리
넌 좀 다물어.
오전 10:14

한성용 형
ㅋㄹ
오전 10:15

현우용이란 사람이
좀 걸리긴 하지만…

피식

당장 일자리 구하는 것도
중요하고 도현이 형은
어디 안 가니까…

그래, 네가
원준이 후배라고?

예.

흠…

어디
후배인 거야?

예?

그리고 보니까
원준이 넌 중학교 중퇴잖아?

뭐지? 원준이 형이
제대로 이야기 안 했나?

내가 사실대로 대답하면
나는 둘째치고 원준이 형한테도
피해가 가는 거 아냐?

…

새애끼, 어물대긴.

예?

빵깐 후배라고
왜 사실대로 말을 못 해?

아,
그게 그러니까…

삐익-

원준이한테 전부 다 들었어 인마.
다른 곳에선 어떨지 몰라도 여기선 적어도
네가 과거에 저지른 잘못 때문에
불이익을 당하는 일은 없을 거다.

일당도 그날그날
정확히 지불될 거고. 그 대신
일은 생각 이상으로 고될 거야.
그래도 해볼래?

예!

자식.
씩씩한 게 맘에 드네.

감사합니다.

흑!

예!

아직은 기술이고
뭐고 아무것도 없을 테니
일단은 자재 나르고
청소하는 것부터 도와.

궁금한 게 있거든
나나 원준이한테 물어보고.

가자.

넹.

저기 엘리베이터 보이지?

예, 형.

오늘 안에 이거 전부 다 위로 올려야 돼.

두

웅!

헉

억!

웃차!

꽈억.

허억!

저벅···

저벅···

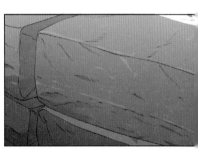

매일 이렇게만 하면
따로 체력 훈련을
할 필요도 없겠어.

휴우-

할 만해?

힘들긴 한데 괜찮아요.

이렇게 하루 만에 돈도 받고.

처음에만 좀 빡세고 짬밥 차고 기술까지 배우면 일도 편해지고 페이도 쑥쑥 오른다.

우리 같은 놈들한텐 이만한 직업이 없다니까.

고마워요 형.

별소릴 다 한다.

그럼 전
이만 가볼게요.

어딜?
버스 정류장은
이쪽인데.

구보로 가야죠.

하여간에 징그러운 놈.
안 피곤하냐?

내일 봐요.

…지금 이 쪽으로
오고 있습니다.

좋아. 시작해.

저기! 학생?

저요?

잠깐만 나 좀
도와주면 안 될까?

사ー

짐이 하나 있는데
너무 무거워서 말이야.

!

예.
도와드려야지요.

고마워.
그럼 이쪽으로.

뚜벅...

뚜벅...

뚜벅...

뚜벅...

스윽ㅡ

뚜벅...

뚜벅...

112

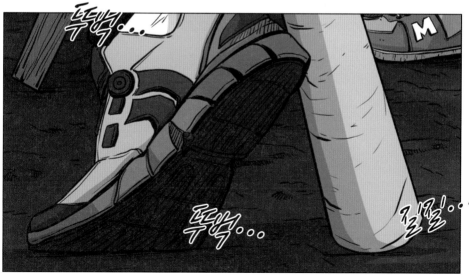

…이런 경우는

처음이다.

꿀꺽…

그때도…

그때도…

일대 다수?

나머지 한 번은
고1 땐가?

아무튼 프로 데뷔를
준비하던 시절이었어.

내가 프로 지망생이란
소문을 듣고 찾아온 건달들이
괜히 시비를 걸더라고.

그, 그래서요.

여후
고생깨나 했지.

절레 —

아무리 도현이 형이라도
일대 다수는 어려운 거구나.

절레 —

122

…힘
조절하기가.

예?

…나름 유명한 건달이란 작자들이
생각보다 너무 허약했거든.

큰 부상 없이 처리하는 게
어찌나 번거롭던지.

…

아, 예.

뭐야 그 표정은?
정말로 힘들었다니까?

…어련하시겠어요.

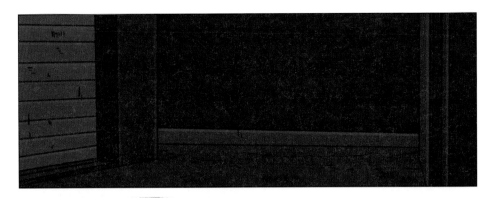

쫓아라!

타닥닥!!

반대쪽으로 뚫었으면
무사히 도주할 수
있었을 텐데.

···역시 경험이
부족한 놈이로군.

한번
해보는 수밖에!!

타

아
악!

도망친다!

퍼석···

이거 의외로 싱겁게
끝날 수도 있겠는데?

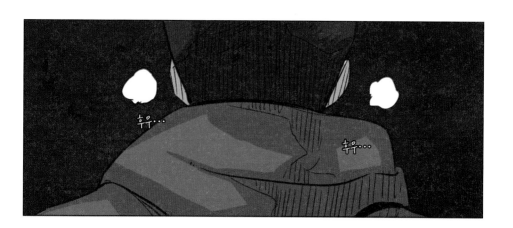

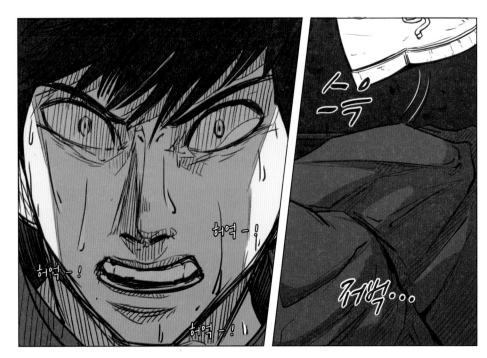

에이, 씨발!!

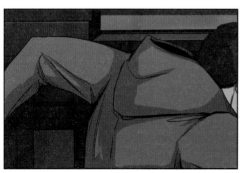

크윽…

스윽

헉!!

화르르!

설마 우연이라고
둘러대진 않겠지?

하아…

말해.
누가 시킨 거야.

…

말하라고!!

좆까.

···

하아···

하아···

쓰익—

누가 됐든 똑바로 전해.

탁익!

?!

날 내버려두라고.

더 이상 날 건드리면
반드시 후회할 거라고.

하아···

저벅···

저벅···

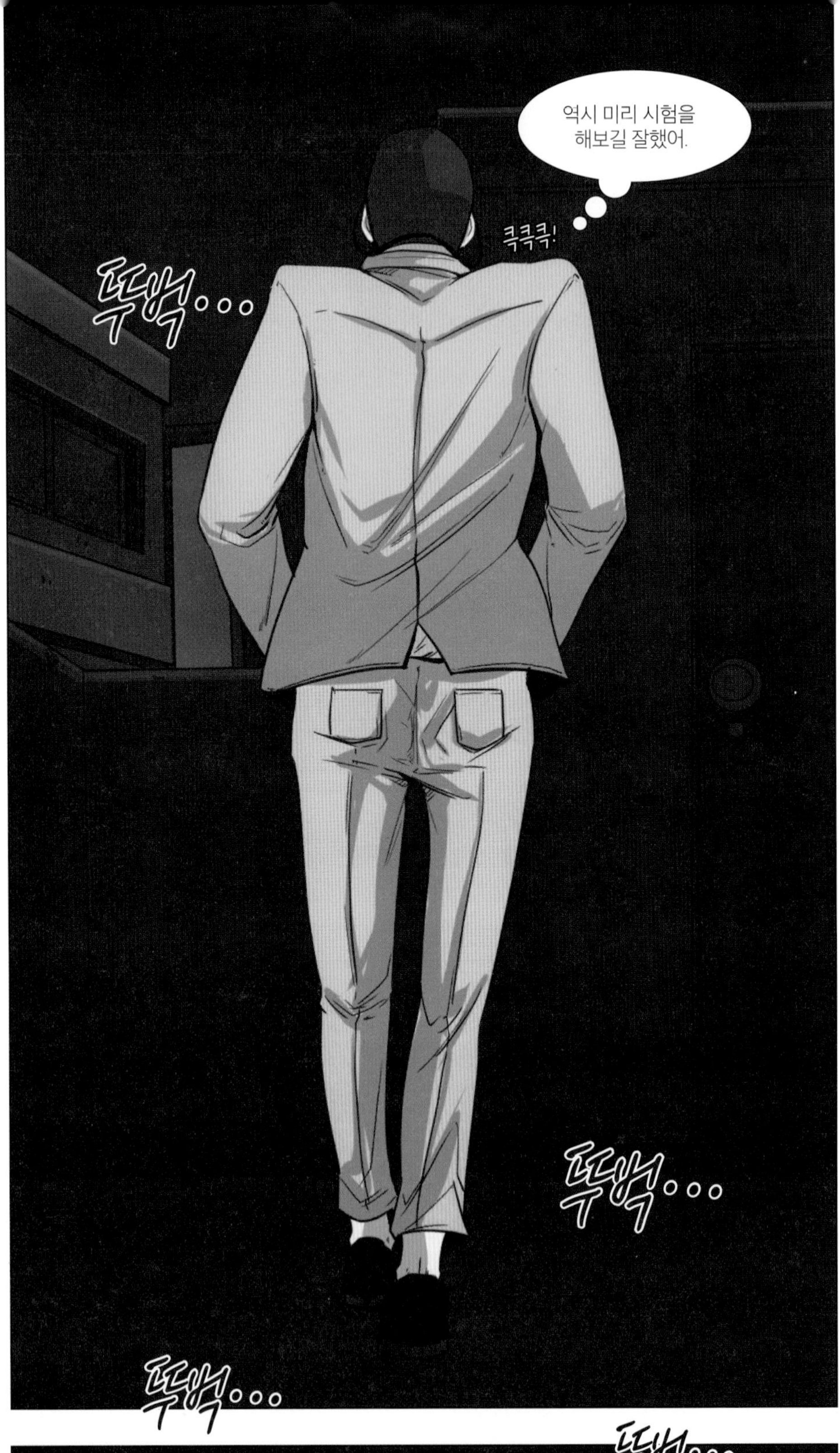
뚜벅…
억시 미리 시험을
해보길 잘했어.
큭큭큭!
뚜벅…
뚜벅…
뚜벅…

하앗!!

좋아. 더 빨리!

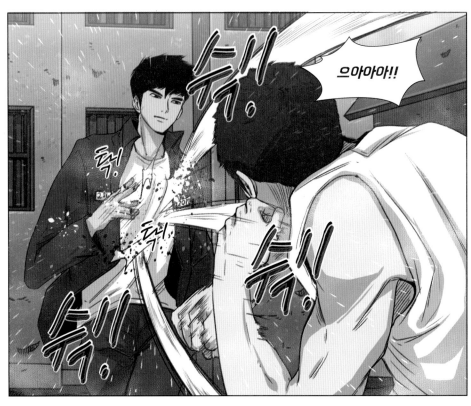

으아아아!!

킥도 적절히
섞어야지.

쿡!!

오늘은
여기까지 하자.

하아⋯⋯

하아⋯⋯

2하15

하아···

하아···

후아···!

수감자 오영석
23세

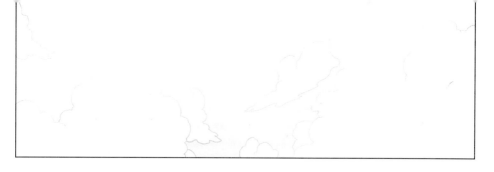

그러고 보니까 출소가
다다음 달이라 했던가?

예.

이번에 나가면
완전히 손 씻고 제대로 된
일을 하고 싶어요.

이곳으로
돌아오지 않아도 되는
제대로 된 일을.

녀석, 다 컸네.

피식

…솔직히
좀 걱정이 되긴 해요.

전에 어울리던 형들이
가만히 놔둘 것 같지도 않고.

그런 문제라면
걱정할 필요 없어.

지금의 너라면 어지간한
건달 따위는 한 트럭이 몰려와도
어찌할 수 없을 테니까.

솔직히 잘 모르겠어요.
1년 전에 비해 나름 튼튼해진 것
같긴 한데 여전히 형님
옷깃도 못 스치니까.

사는 맞아요?

손 씻고 조용히 지내기엔
충분하고도 남는 힘일 거야.

°°°피는 빨갤래요?

야 인마°°°

159

어이 1788번!

?

목공 창고에서
박 교도가 자네 찾던데?

자네 무슨
사고 친 거 있어?

그런 거 없는데?

아무튼
얼른 가봐.

뭐야···

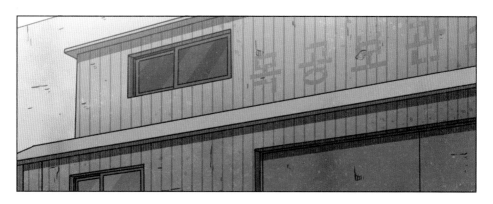

덜컹...

쿠웅!

철컥!

어?

쿡쿡쿡!
역시나 간단히 걸려드네.

?!

인정하긴 싫지만 정도현 그 개자식은 우리 힘만으론 어떻게 할 수 없거든.

그러게 왜 그딴 놈하고 붙어 다녀?

그래서 꿩 대신 닭으로 나라도 밟아야겠다 이건가?

뻥ᆞ극···

맞는 말이긴 한데 새끼, 은근슬쩍 말이 반토막 나네?

너무 당황해서 정신줄을 놨나?

…

잘됐네.

…웃어?

매일 상대하는 그 인간은
너무 말도 안 되게 강해서 도무지
확인을 할 수가 없거든.

뚝뚝…

스윽…

그동안
내가 얼마나…

씩

강해졌는지
말이야!!

턱!

빠야!

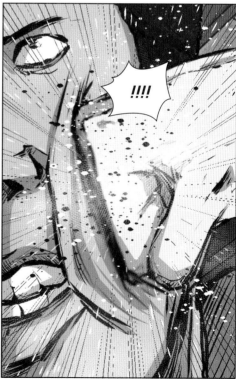

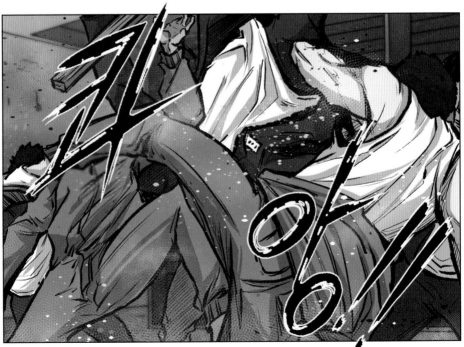

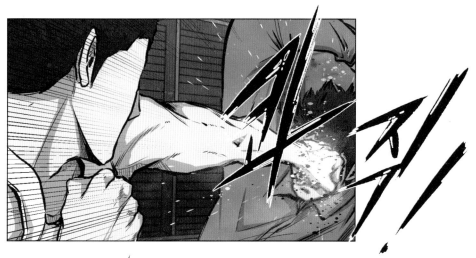

마치 신이 된 것
같은 기분이야!!

다른 사람들한텐
너희끼리 싸우다
이렇게 됐다고 해.

특히 이 일이 도현 형님
귀에 들어가선 안 돼.
무슨 말인지 알지?

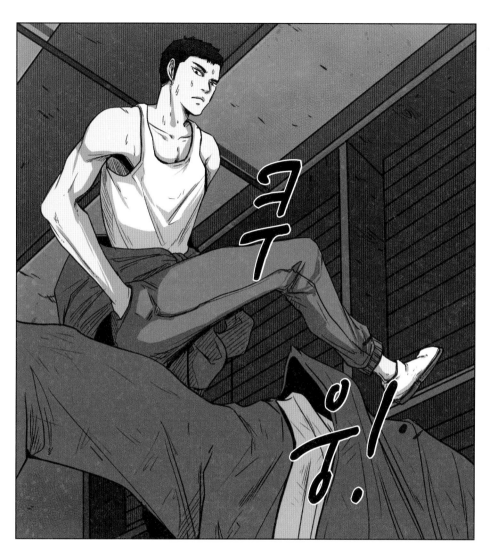

…형님 말이 맞아요.

후우…

손 씻고 조용히 지내기엔
너무나 큰 힘이에요.

어려서부터
먹성이 좋았다.

틈만 나면 먹었고,

먹은 것은 고스란히
몸으로 갔다.

남학교에서 남다른 덩치를
가진 녀석들의 위치는 둘 중 하나다.

안 여돼, 오덕, 찐따 소리를 들으며
괴롭힘의 대상이 되든가,

아니면 체구를 앞세워
괴롭힘의 주체가 되든가.

···다행히
나는 후자 쪽에 속했다.

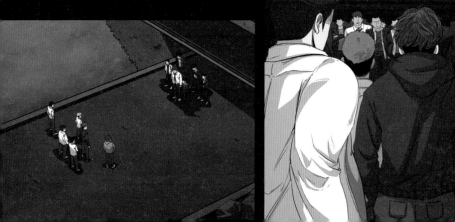

사실 난 싸움 같은 거
별로 못했다.

덜덜덜…

그저 초등학교 동창 중
소문난 양아치가 있었고,

좆밥들이
나대기는 ㅋㅋ

178

…두려웠다.

사실 내가 별거 아니라는
사실이 밝혀지는 것이.

사실 내가 그들과
다르다는 사실이 밝혀지는 것이.

그래서 더욱 잔인하게
괴롭혔다.

뭐해?

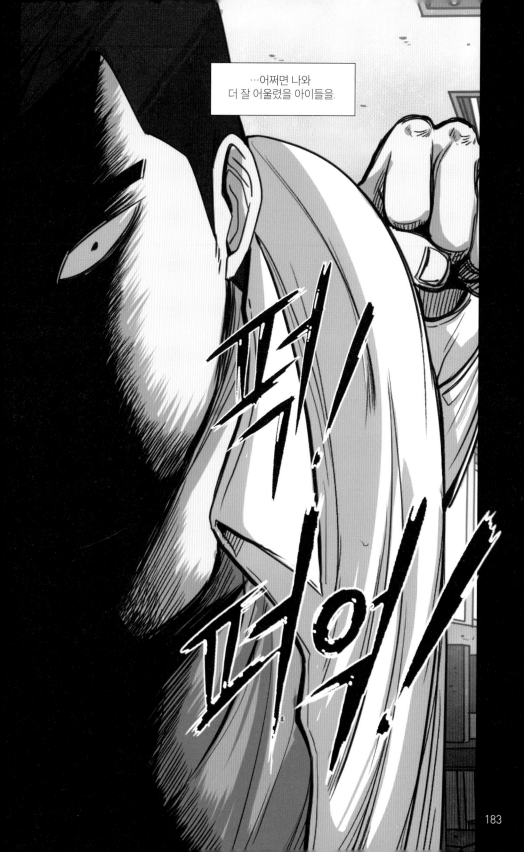

···어쩌면 나와
더 잘 어울렸을 아이들.

당연히 공부는 뒷전이었고
당연히 대학 진학에 실패했고

당연히 제대로 된 직업도
구하지 못한 채 거리의
낙오자가 돼버렸다.

더불어
미결 구금일수 160일은
형량에 산입한다.

난 일사천리
유죄 판결을 받고
수감됐다.

식물인간이 된 피해자는
법정에서 아무런 증언도
할 수 없었고,

내 인생은
끝장났다고 생각했다.

3하

이 안엔 나를 지켜줄 사람이 아무도 없었고
만기 출소해봐야 나를 기다리고 있는 건
언제든지 나를 버릴 수 있는 친구 같지도
않은 놈들과 그보다 더한 형들, 그리고
전과자 딱지뿐이었으니까.

뒤늦은 후회가 몰려왔지만
돌이킬 방법이 없었다.

オ버들
하지 말라니까.

정도현?
세계챔피언 정도현?!

여기였어?

교도소에
있다는 말은 들었는데.

벌써 일주일째다.

...

...너 안 지겹냐?

아 글쎄 난 제자 같은 거 필요 없다니까.

...

하아, 좋아. 그럼 이렇게 하자.

끄내

앵!

실은 전에도 너 같은 놈이 있었거든?

그 녀석이 했던 것과 똑같은 테스트를 통과하면 널 지도해주는 걸로.

허억!

허억!

어쩜 자기 목숨 가지고
협박하는 것까지 똑같냐.

하루하루가 차라리
죽는 것이 나을 것 같은 혹독한
단련의 연속이었다.

그리고 출소를
두 달 앞둔 지금…

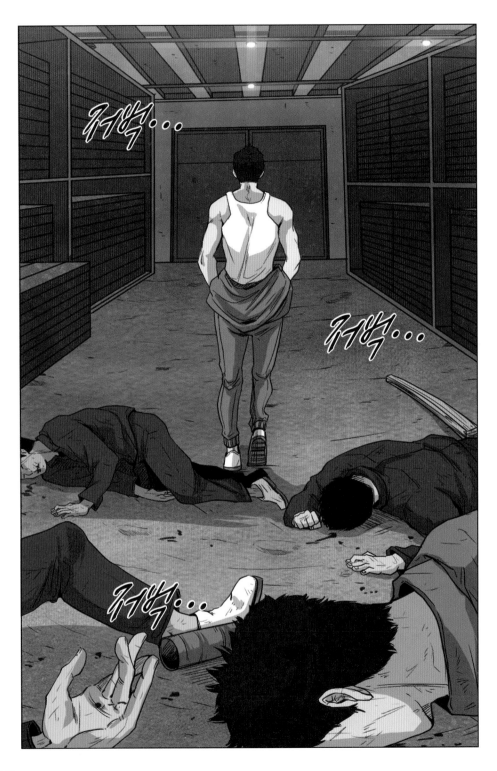

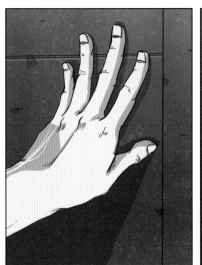

조금만 기다려.

끼이익

세상을 전부
뒤집어버릴 테니까!!

199

그래서
어떻게 했어?

껀쩍!

뭐?

어찌어찌하다 보니
다 잡긴 했어요.

배후는?

그게…
물어봤는데 대답을
안 하더라고요.

…그래서?

어 지라…

집에 갔죠 뭘.

난 아주
빤 죽어가으면서!

꿈쩍…

어우 이 호구야!!
그럼다고 그냥
보내?!

역시 좀 그렇가…

술 취한 동네 쪼다들이
그렇게 본격적으로 치고 들어왔을
가능성은 거의 없고, 일단은 우용이파
소행일 가능성이 높은데…

해결책은 두 가지야.

두 가지요?

첫째. 당장 우용이파에
찾아가서 부하로 받아달라 빌어.

안전을 보장받는
가장 확실한 방법이자 네 실력
정도면 덤으로 큰돈까지
만질 수 있을 거야.

그럴 순 없어요.

그럴 줄 알았다.
그럼 두 번째.

하아…

?

튀어라.
아무도 찾을 수 없는
먼 곳으로 온 가족이 튀어서
조용히 살아.

?!

그것도 좀…

그럼 어쩌려고?
경찰에 신고해봐야 제대로
처리 안 될걸? 우용이파 정도 되는
큰 조직은 경찰 윗선에도 줄이 닿아 있거든.
보나마나 증거 불충분으로
흐지부지될걸.

…제가 어떻게든
해봐야죠.

202

네 힘으로 어떻게
해볼 수 있는 일이
아니라니까!!

네가 이야기한 배석찬이란
망나니도 현우용에게만큼은
대들지 않았잖아.
이유가 뭐라고 생각해?

…힘든 싸움은
익숙한걸요.

하여간에 답답한 놈.
그럼 이렇게 하자.

예?

205

뭘 쪼개?

그냥요. 갑자기 형이
진짜 어른처럼 보여서요.

오늘 몇 시에 끝나?
시간되면 저녁이나
같이 먹을까?

지희

오늘 몇 시에 끝나? 시간되면 저녁이
나 같이 먹을까?

그래 이따가 시내에서

오후 1:06

그래 이따가
시내에서 |

톡…
그래 이따가 시

톡…

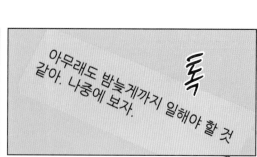

아무래도 밤늦게까지 일해야 할 것 같아. 나중에 보자.

톡

뭐야, 여자야?
설마…

슬쩍

예?
그렇긴 한데…

역시 넌 꼴 보기 싫은 놈이다!!

켁! 형 진짜로 아파요!!

찍!

진짜로 아프라고 하는 거다!!

지금 나와 어울리면 지희까지 타깃이 될 수 있어.

아아!

당분간 거리를 두자.

꿀꺽...

첫 타깃은
저년이 좋겠군.

끼익

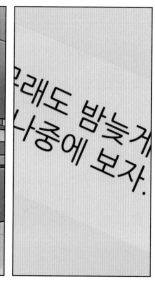

그래도 밤늦게

나중에 보자.

아무래도 밤늦게까지
일해야 할 것 같아.
나중에 보자.

그렇게 바쁜가…

녀석의 친구라길래
확인차 한번 와봤는데
저년 자체로도 충분히
상품 가치가 있겠어.

일단 나부터
실컷 가지고 논 후에
어디 뒤끝 없는 곳에
팔아치우면 부수입도
짭짤할 테고.

쿡!

물론 차우솔이란
놈을 위한 미끼 겸
인질로도 딱이지.

뜨륵

저기요.

예?

…죄송합니다.

아하, 제가 설명이 부족했네요.

개인적인 호감이 있어서 이러는 것은 아니고요.

어디 보자,

이런 계집이 훅 넘어올 만한 게…

딸깍!

스윽

제가 실은
이런 사람입니다.

?

우연히 커피
한잔하러 들렀는데…

아가씨 이런 곳에서
커피나 내리고 있을 사람이
아닌 것 같아서요.

예?

오디션
한번 보러 와요.

감사해요.

…그럼 그렇지.
병신 같은 년.

…그리고
죄송해요.

예?

꺄닌쯔짝!

씰룩

…씨발. 짜증 나네.

어디 보자.

근처에 CCTV는 없고
차도 별로 안 돌아다니고.

…딱인데?

나다.

차 한 대 준비시켜.
썬팅 찐한 걸로.

투유 커피
Toyou Coffee

떨렁~

고생했어.

예.
나중에 뵐게요.

뚜벅...

뚜벅...

뚜벅...

...담배 냄새...

뚜벅...

그러게 좋게
명함 받았으면 이런 일은
안 겪어도 되잖아.

또 보네
이쁜이.

!!

당신은?!

쉿.

모가지에 구멍 뚫리기
싫으면 얌전히 있어.

…우솔아.

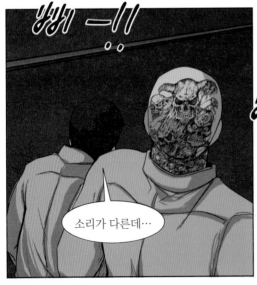

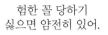

험한 꼴 당하기
싫으면 얌전히 있어.

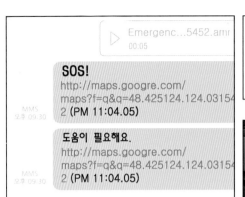

뭔 소리야?

벌컥

!!

늑

늑

형…

?!

…미안한데요,
저 먼저 들어갈게요.

혼자서 뭘 어쩌게!!

몰라요. 위치 알았으니까 가야죠.

가서 뭐?

ㄱ ㅜ

ㄱ ㅎ

전부 밟아버려야죠.

!!

쓰윽

야!!

헉!

아놔, 이 새끼
또 눈깔 돌아갔네.

정신 차리고
내 말 들어.

이 지도,
이 음성!!

길거리에서 사람
모가지에 칼 갖다 대고 저런
위협을 할 수 있을 것 같아?
십중팔구 차 안에서 한
협박이라고!!

혼자서 무턱대고
지도에 찍힌 곳으로 가봐야
아무도 없어!!

그럼 곧바로 현우용을
찾아가서 밟아버리면 되겠네.

그자가 연루돼
있을 게 뻔하니까.

그건 아직 아무도
모르는 거야.
전혀 별개의 일일
수도 있다고!

그리고 설령 현우용이
배후가 맞다 한들 셋이서 덤벼도 현우용
한 명을 당해내질 못했는데 부하들까지
우글대는 곳을 찾아가서 밟는다?

절대로 불가능해.
너 스스로가
제일 잘 알 거야.

그럼…

그럼 어쩌라고요!!

아저씨…
저 약 좀…

개수작
부리지 마.

막간을 이용해서
앞으로 네가 겪게
될 일을 알려줄까?

우선 내 사무실로 가서
신나게 즐길 거야.

그다음엔 네 친구 놈을 밟아줄
미끼 겸 인질로 잠깐 사용할 거고.
그 일까지 다 마치고 난 후에는
둘 중 하나지.

그대로 자루에 담아서
한강에 내다 버리든가.

아니면 어디 외딴섬이나
외국에 팔아 치워버리든가.

우솔아…

둘 다 영원히 집으로
돌아갈 수 없는 건 매한가지지만
그래도 굳이 고르라면 목숨이라도
부지하는 편이 낫겠지?

…빨리 와줘.

풀썩…

그러니까
나한테 잘 보여 큭큭!!

뭐야?
왜 저래?

휭!!

숙

숨은
붙어 있어요.

그럼 됐어.
그냥 놔둬.

어차피 다 도착했는데 뭘.

둘 다 영원히 집으로 돌아갈
수 없는 건 매한가지지만
그래도 군이 고르라면 목숨이라도
부지하는 편이 낫겠지?

그러니까
나한테 잘 보여 큭큭!!

...

남쪽으로 갔네.

몇 분 사이에 이만큼씩이나
이동한 걸로 봐서 당연히
차를 이용했을 테고.

일단 빨리
그쪽으로 가시죠.

잠깐만.

237

두두두—!

찰칵!

찰칵!

두두두—!

남남남남—!!

단팥!

크록!!

치즈!

오오오!

청춘!

바글—

바글—

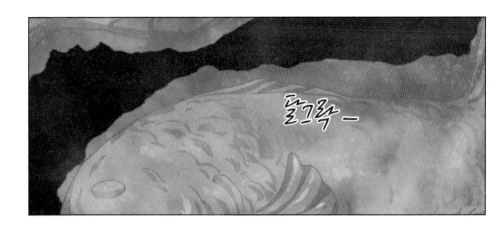

꿀그럭 _

빡빡아. 내가 지금 좀 바쁘니까 나중에…

뭐?

…장소 보내.

최대한
빨리 갈 테니까.

예. 오늘
장사 끝이에요.

뭐?

아 뭐 해?!
장사 안 할 거야?

웅성

웅성

야 뚜북에
우리 영상 떴다!

오 진짜?

왜 그러세요?

오랜만에 장사
잘되고 있었는데!

어? 급한 일이
좀 생겨가지고.

아니 장사하는 사람이
장사보다 급한 일이
어디 있다고.

새초 잡는 인무도
못 내겨줬는데.

투덜

…미쳤냐?

투덜

역대급
퍼포먼스라구욧!

요즘 좀 풀어줬더니
정신 못 차리…

붙어 청년단이래!

사장님 톡 온 것
같은데요…

헤헤…

까똑

빨리 와라.

Daum 지도

…오늘은 내가 좀 바빠서
그냥 넘어가주는 줄 알아라.

꽈악

…옙.

!

…혹시 박시현
형님하고 친하세요?

뭐?

그 근방이면
우용이파 박시현 형님네
나와바리거든요.

사장님도
한 따까리 하시니깐…

…그래서
혹시나 해서.

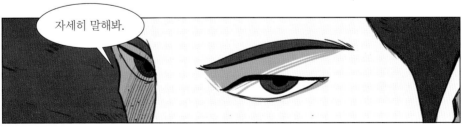

자세히 말해봐.

243

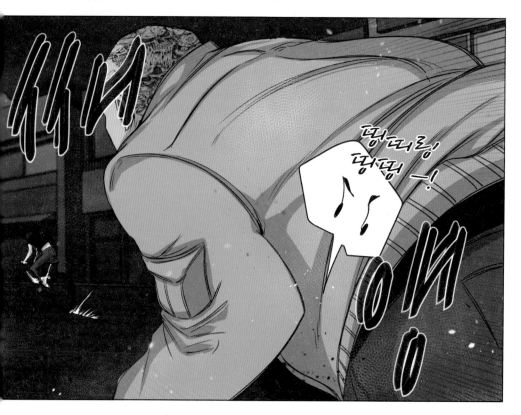

박시현이라고 우용이파 등에 업고 온갖 추잡스러운 짓만 골라서 하는 놈이 있대.

정황상 그놈이 거의 확실해.

그런 건 어떻게 알아냈어?

따까리 덕 좀 봤다.

뭐?

무슨 소리야?

?!

구구절절 설명할 시간 없어.
일단 주소 찍어줄 테니까 그쪽으로 가.
나도 최대한 빨리 합류할 테니까.

알았다.

그리고…

?

조심해라. 그 인간 엄청 위험한 놈이라고 하니까.

자식. 꼴값 떤다.

퍼식

뚝.

어딘지는 알아냈다.

!

각오 단단히 해야 할 거야.

각오라면 한참 전부터 하고 있어요.

새끼야, 사장님이라고 부르랬잖아.

예, ...사장님.

적당히 멍청하자, 어?

별일 없지?

예.

지금부터 꽤 바빠질 예정이니까 어지간한 일 아니면 보고하지 마.

예. 즐거운 시간 되십시오.

!

꺼익!!

저기다.

분명 안에 들어가면
똘마니들 우글우글
거릴 테니까…

몰래 들어가서
여자애만 딱 빼올 수 있는
작전을…

떼밍!

…세워야 하는데.

그냥 다 때려잡고
여자애를 데려오는
작전이구나.

좋다!
시발!

하여간에 중간이 없는 놈.

뚜벅...

뚜벅...

저건 또 뭐야?

...

너 인마 성깔 다스리는 법 좀 배워야 해.

저 많은 인원을 혼자서 상대해야 하는 내 입장도 좀 생각해보라고.

흠칫!

혼자서요?

바보냐? 넌 곧바로 여자애 구하러 올라가야 할 거 아냐.

예?

지들끼리 뭐라고 쫑알쫑알대는 거야?

짜증

255

...

오케이.

금방 끝내고
도와주러 올게요.

하!

도와? 나를?

하긴, 내가 네 앞에서
유난히 망신을
여러 번 당하긴 했지.
그건 인정.

257

5분 안에 징리하고
내가 널 도와주러 올라가마.

씩

…고마워요 형.

그럼 간다.

하나,

둘,

어딜!

먹고사는 게
빡세서 한동안 잊고
살았지 뭐야.

…내가 원래
어떤 놈이었는지.

뭐래는 거야.
밟아버려!!

263

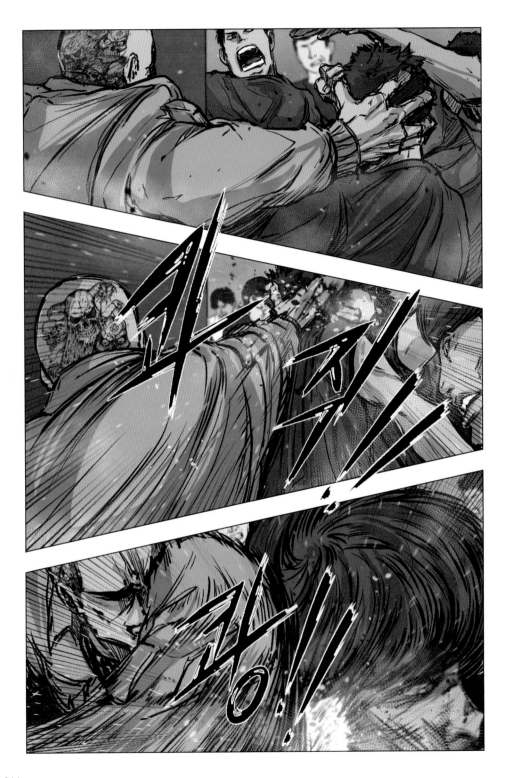

니미. 무슨
김장철도 아니고…

깍두기가
왜 이렇게 많아!!

…여긴?

정신이 좀 들어?

!!

획!!

안녕 예쁜이.

툭!

툭!

툭!

조금만…

조금만 기다려!

하아···

하아···

272

저놈은 뭔데
저렇게 세?

씨발,
또 한 소리 듣겠네.

뚜벅...

뚜벅...

왜,
왜 그러세요.

으싹!

이, 이러지 마세요.

하아...

하아...

그렇게 튕길
입장이 아닐 텐데?

슥

말했잖아,
하찮은 목숨이나마
부지하고 싶거든...

나한테
잘 보여야 할 거라고.

!

그리고 올라온 놈은…

내가 처리한다.

뚝

네 친구가 왔나 본데?

무슨 재주를 부렸는지는
모르겠지만 생각보다 제법이야.
응?

뚜덕…

…

뚜덕…

그런데 이걸 어쩌나?
난 일 터지면 무턱대고 머리통부터
들이밀고 보는 풋내기들하곤 달리
무척 스마트한 사람이거든.

뚜덕…

278

저기다!

휘이잉ㄱ—

하아…

하아…

하아…

콰앙!

쉭!

쉭!

쉭!

콰앙!

와우, 정통으로
맞고도 안 뻗네?

정정당당히 싸우면
내가 쪽도 못 쓰겠다.
큭큭큭!!

그런데 이걸 어쩌나.
난 정정당당히 싸울 생각이
눈곱만큼도 없거든요.

지금부터 네가
손끝 하나만 까딱하는 즉시
저 기지배 모가지가 휘리릭!
한 바퀴 돌아갈 거야.

!!

깍!!

지희야!!

이런 비겁한…

응.
나 비겁해.

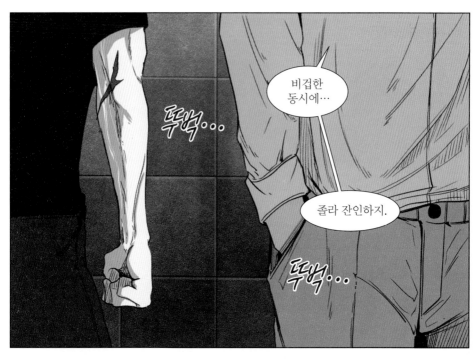

비겁한
동시에…

졸라 잔인하지.

비싸게 맞춘 옷인데
피 튀기면 곤란하잖아.

안 그래?

거의 다 정리 됐다.
이제 한숨 돌릴 수…

저기 있다!!

!!

아놔, 뭘 또
오고 지랄이야.

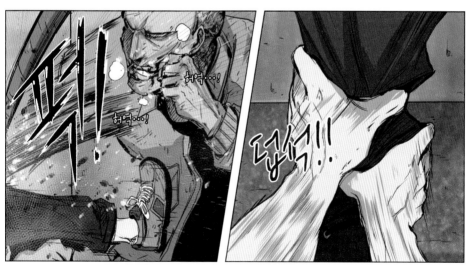

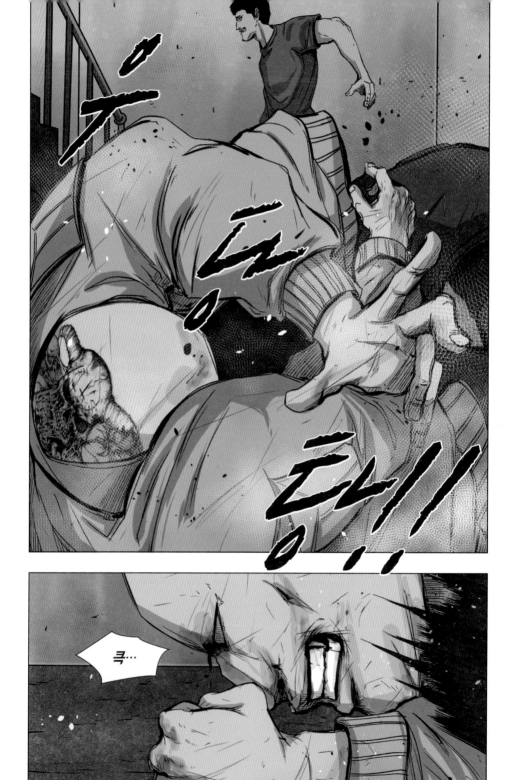

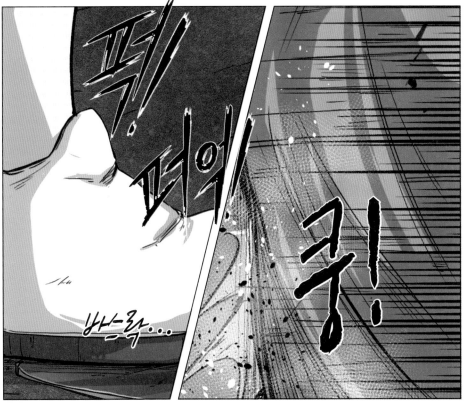

293

좆만 한 놈 혼자서
뭘 어쩌겠다고!!

바보냐?
'우리'라고 했잖아.

오싹ㅇㅇㅇ

?!

으악!!

참빛 올스타즈

결성이시다!

7권에서 계속

What if vol. 2

1852

뭐?
그만해?

내가 잘못 들었나?

야, 그지 새끼.
미쳤냐? 미쳤어?

299

…그만

그만하라고!!

!!

쉬익!!

뭐 하냐 등신아?

데구르르—

거지 새끼가 사람 놀래키는 재주가 있네.

왜? 열 받으면 갑자기 세져서 나 같은 거 개바를 거 같았나?

막 네 안에 거대한 힘이 숨겨져 있을 거 같았어?

응? 그랬어?

크윽…

ㅡ윽…

!!

어쭈? 볼펜 집어서 뭐 하려고? 그걸로 찌르게?

커헉!!

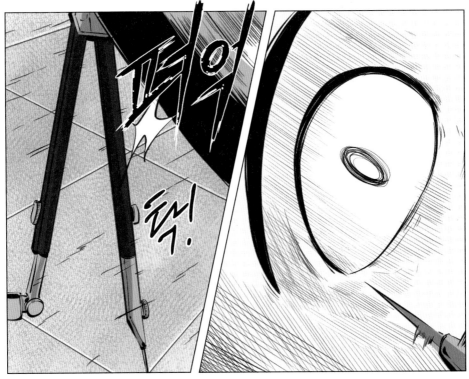

…뒈졌나?

…수년간 지속적으로 괴롭혔을 뿐
아니라 마침내 심각하고도 영구적인 장
애에 이르게 했으니 그 죄가 결코
가볍다고 할 수 없다.

피고 배석찬,
징역 2년에 처한다.

빠드득○○○!

…

안현민입니다!

나이는 열일곱이고
폭행으로 2년 받았습니다!

155

교체

넌?

1852

야.

그래. 한 번씩
너 같은 놈이 들어와.

상황 파악
제대로 시켜줄…

아가리 꽉 다물어.

낼름...

혓바닥 잘릴라.

으어어어!!!

...네?

네가 요즘
그렇게 핫한 새끼라며?

바글...

바글...

!!

뭐하냐.

?!

저, 정도현?!

수감됐단 말은
언뜻 들었는데…
여기였어?

오, 오해하지 마.
그냥 우리끼리
서열잡기 한 거라고!!

…

수십 명이서
한 명을 상대로?

이것들은 전부
그냥 구경꾼이야!!

그냥 이놈하고 나하고
일대일 승부였다고!!

뭐가 됐든
별로 보기 좋진 않네.

휙!

휙!

철수들 해.

아, 알겠어.

…가자.

….

잠깐만요!!

뚜뚜뚝!

응?

당신의 기술을 가르쳐주세요!!

힐끔

보아하니
넌 딱히 더 배우지 않아도
자기 앞가림 정도는
충분히 할 거 같은데?

예, 실은 권투를 좀 했어요.

그런데 제가 여기 들어온 이유가…

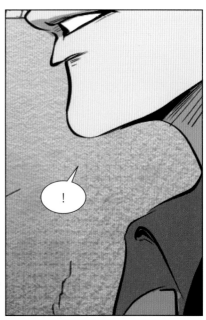

!

무용이랑 걔는…
조폭을 건드려버렸거든요!

조폭?

치, 친구를 구하려다가 조폭 말단 조직원을 패버렸거든요.

그래서 여기서 나가는 즉시 조폭들의 타깃이 될 운명이에요.

…지금보다
강해지지 않으면 안 돼요.

…

뭘 그렇게
자세히 따지고 그래?
대충 좀 넘어가자 응?

저, 정말이에요.
제발 도와주세요.

하아, 좋아.
그럼 내가 이곳을
떠날 때까지만 지도해주지.

몇 달 남지도
않았으니까.

감사합니다!

이런 곳에서 정도현의
개인 지도를 받다니,
난 역시 크게 될 놈이라니까.

…나조차도
놀랄 정도인데?

지금의 너라면 어지간한
프로 선수들도 충분히
압도할 수 있을 거다.

물론 밖에서
기다리고 있다는 조폭들은
말할 것도 없고.

다 형님 덕분이죠.

덕분에
나도 지루하지 않았다.

난 간다. 잘 있어라.

감사합니다.
형님.

쿠웅···

낼름···

…말도 안 돼.

혼자서 우리 셋을
동시에 상대할 수 있는
놈이 있었다니.

지금의 나는…

SHARK

샤크 6

초판 1쇄 발행 2020년 2월 14일
초판 2쇄 발행 2022년 1월 28일

지은이 운 김우섭
펴낸이 김문식 최민석
총괄 임승규
편집 이수민 김소정 박소호
　　　김재원 이혜미 조연수
표지디자인 손현주
편집디자인 이연서 김철
제작 제이오

펴낸곳 (주)해피북스투유
출판등록 2016년 12월 12일 제2016-000343호
주소 서울시 성북구 종암로 63, 5층 (종암동)
전화 02)336-1203
팩스 02)336-1209

© 운·김우섭, 2020

ISBN 979-11-6479-081-4 (04810)
　　　979-11-6479-079-1 (세트)